أرواح لا تبوح

اسم الكتاب: أرواح لا تبوح

نوع الكتاب: خواطر مجمعة

تأليف: مجموعة مؤلفين

تصميم الغلاف: مليكة محمد

التصحيح اللغوي: أحمد نادر

التنسيق الداخلي: نورا سليمان سيد

رقم الإيداع: 2023/19416

الترقيم الدولي: I.S.B.N 978-977-86884-9-8

جمهورية مصر العربية- القاهرة

مدير النشر: أحمد مكي   جهاد محمود

01142340175 —01208209008

Ahmedmakay79@gmail.com

الكاتبة: روميساء سيد سعد.

لُقبت: *حورية الجنة*

السن: 20 عامًا

محافظة: القاهرة

أدرس في الصف الثاني الجامعي (*كلية علوم إدارة تخصص: إدارة أعمال*).

_*محتوى كتاباتي باللغة العربية الفصحى واكتسبها من وحي خيالي ومن الحياة الواقعية للبشر الذين لا يقدرون على أن يبوحوا عن ما بداخلهم*

بدأت أن أكتب في عام *2019*

أهم إنجازاتي: شاركت كتاباتي في 6 كتب

- غياهب الروح.
- رواسن.
- أرواح نقية.
- چويس .
- صراع داخلي .
- في القلب عبرة .

والخطوة الأولى في ظهوري أكثر هي مشاركتي في كتاب:

• أرواح لا تبوح.

وأحلم أن أحقق كل ما أتمناه والعالم يراني وأكون الكاتبة المفضلة لأحدهم في يومًا ما.

إهداء

_ لوالدي أولًا "سيد سعد" ومن كان موهوبًا وافتخر أنني أكتسبت منه هذه الموهبة لتحقيقها

ووالدتي لأنها من بذلت أكثر مجهودًا لتحقيق حلمي

وأختي *هاجر سيد* لأنها من كانت معي في كل خطوة *ولمن كان معي في تحقيق حلمي*.

العالم كان مغلق على من حوله ونُحن نبذل جهدًا لنحاول شرح ما كنا نريد أنّ نبوح بهِ لغيرنا ولكننا لن نقدر على ذلك فالآن قلمي يكتب عن ما بداخل العالم المغلق ولا نقدر على تعبيره فنُحن نستمر لأن الوقوع الضعيف ونُحن أقوى.

أحلم وأستمر فلا تيأس أبدًا لأنك سوف تنجح مهما بلغ الإنتظار

الـثـقـة

_ بعضهم في عدة ثواني يفسدون ما أصلحه عقلك وقلبك بعد إنتظار كثير

المقارنة بما تفعل أنت وشخص أخر أفضل منك تدعو لتدميرك على أي حال

تعمدتُ الوحدة والفشل من أجل ألا انهزم مُجددًا؛ ولكنني فعلت الخطأ عندما انتبهت إلى حديثهم المتناقض وتحطيمي بذات الأفعال

سأستمر على ما أفعله وحين أفشل وأقف مجددًا لأنجح بِمِهارة وتقدم أكثر وذلك أعلم أن وجودهم في حياتي كان ضرر لـي؛ ولكنه كان أكثر دليل على نجاحي وتعليمي؛ أنا لا أضع كلام العالم بالمقارنة مع أحلامي وأنا لا أتوقف؛ وأنني أستعد للإستمرار في النجاح.

(*أنتِ محبة لذاتك ولا تدعي لأحد فرصة لِيعطي رأيه لكِ.*).

الـكـاتـبـة: *رومـيـسـاء سيد*

HURIT AL JANA

عشقتك

_ويغمرني اسمي عندما أسمعه من صوتكَ الذي يُدهش قلبي من جمَاله، ارضاني بكَ الله بكل ما حلمت به، أتذكر عندما قُلت في حديث المساء؛ أتهوي حبي لكِ يا فتاة ؟!؛ فَابتسمت إليكَ ونظرتُ إلى عيونك حادة الجمال وبِكل هدوء الليل، أتقصد عشقك الذي لا أقدر أن أبوح به ولكنه يظهر في عيوني وقلبي؟!

يغمرني حبـكَ الذي لا أقدر أن أعيش بدونه فعشقتك

الكـاتبـة: *روميساء سيد*

HURIT AL JANA

عالمي الصغير

_أعشق هذا العالم الإفتراضي الذي لا يوجد فيه سوى قلمي وورقي ودموعي التي تلازمني طول الوقت

عندما اشتاق لأحد أُحِب أن أكتب له قصيدة، أريد صديقًا لا يتخلى عني، أريد حبيب لا يعرف الإهمال ويبقى لي؛ يُحبني فقط

أريد أن أعرف أحد يُعطيني الإحساس بالأمان، أود أن أرى الجميع يحبني، لا أعلم هل أنا سبب بُعد العالم عني؟؛ أم هذا العالم يعشق النفاق، لم أعُد أعلم ماذا أكتب بقلمي الآن؛ أكتب وجعي أم ماذا ؟، لم أعُد أشعر بشيء سوى التعب والإرهاق، لا يوجد أحد قريب مني سوى دموعي المتتالية، أريد أحد يعطيني الثقة

هل صعب وجود ذلك الشخص في هذا العالم؟!

الكاتبة: *روميساء سيد*

HURIT AL JANA

فقدت روحي

_أتحدث الآن على شيء فقدهُ قلبي إ، قلبي ليس للإصلاح مجددًا، يشبه شخص في غرفة العناية لا حياة له ويموت بالبطئ ولا أحد يشعر به، إنتظاري لتأتي مجددًا مثل شخص ينتظر شيء و هو يعلم أنه لن يأتي ؟

*تعجبت لأمور العالم كثيرًا! *

تركتني من أجل شخص آخر لا يعطي لكَ حبًا كافي؟

وأنا كنت لا أريد غيرك

فقدتُ قلبي معكَ ولم يتبقى سوى عقليّ

لا تُعطي لمن لا يريدك أكثر مما يستحق، أنتِ وحدك تُزهري

الكاتبة: *روميساء سيد*

HURIT AL JANA

أسـاس الجيـل

_هذه الحياة لا تليق بكِ ولكن للأسف هذا أمرًا عليكِ

أسرة تحكم على ابنتها أن لا تعليم لها ولا خروج نهائي لترى العالم من الخارج بحكم أنها فتاة ولا يحق لها الخروج و تظل داخل منزلها دائمًا

ماذا تعني بأن الفتاة لا يحق لها الخروج من المنزل وتُعاقب على ذلك ؟!

الفتاة لها حرية أعطاها لها الله وستره لتخرج بها من المنزل، لماذا تأتي بحكم الجهل عليها بأنها ولدت لتكن مثل الخادمة للرجل وأنها حاملة لأبناءه فقط ؟!، من يعتقد ذلك و يصدقه فإنه أول الجاهلين

فالنساء هُنَ من آتوا بتربية جيلًا كاملًا ومن يجعلك رجلًا يتباهى بكَ الجميع فهي أمك و لو لم تعلم أنها من النساء سأذكرك بذلك

لا تقُل أن النساء دون قيمة وهُنَ اللواتي خلقهُن الله ووضع تحت أقدامهن الجنة وذكر سورة في القرآن بأسمائهن

فالنساء قادرون على بناء جيلًا كاملًا صالحًا وهدم جيلًا كاملًا لأنهم أساس الجيل

وأنتِ أيتها الأنثى كوني كما طلب منكِ الله فأنتِ التي تكون أم صالحة لأبنائها وزوجة صالحة لزوجها وأنتِ التي أعطاكِ الله الجنة تحت أقدامك فلا تضيعِ ذلك بسبب جيلًا فاسدًا؛ أنتِ لا تستحقين ذلك ...

فتقدمي يا أساس الجيل لتربي جيلًا صالحًا

الكـاتبة: *روميساء سيد*

HURIT AL JANA

عشـق الطفولـة

_نضجت ولم أعلم أنني ما زلت أُحبك أكثر مما توقعت، كنت أعتقد أنه كان حب طفولي ولن يعُد موجود مجددًا بل ما زال موجود وتحول لعشقًا وأنا لا أعلم لماذا كل هذا حدث و متى ؟!، أحلم بكَ كل ليلة وأنت معي في جميع أوقاتي، أتخيل إبتسامتك عندما تراني؛ أتحدث وأراك من بعيد مثل طفلة تريد لعبة قد كانت تملكها من الصغر ولكنها حُرمت منها حين نضجت، أريد أن أعود صغيرة وأذهب إلى الماضي لأمسك بيدك وأنا أعلم أنكَ لن تتركها أبدًا، وتأتي وتتحدث معي عن البنت التي رأيتها وأنا ازداد غيرة منها ولكنها كانت غيرة الطفولة ولا أعلم أنها ما زالت موجودة حتى الآن، أريد رؤيتك من جديد في كل دقيقة تمر في حياتي ونعيش سويًا ولا تتركني أبدًا.

أريدك معي كما كانت طفولتنا.

الكاتبـة: *روميساء سيد*

HURIT AL JANA

السوشيال ميديا

_أصبحت إدمان

أشاهد كل يوم الأشخاص التي تبني حياتها على ذلك فقط

الأشخاص التي تهمل حياتها لكي تبقى طول الوقت على هذا

الأم التي تهمل أبنائها

والأب الذي طول النهار يكون خارج المنزل ويأتي إليه في المساء لكي يجلس مع أبنائه ولكنه يختار أن يبقى مع الهاتف في نهاية اليوم

ويأتي تدمير الأسرة وتكون هذه البداية.

الحب يأتي في رسالة قصيرة لا يكون لها معنى

البعد يكون إلغاء المتابعة وتكون هذه نهاية العلاقات

الضحك يكون مجرد رمز تعبيري في محادثة ولا أحد يعلم كم نتألم في الحقيقة

تأتي أُم لتحذر ابنتها أن تنتبه الطريق و ما حولها وأن لا تضع تركيزها في الهاتف !

البنت: لا تقلقي يا أُمي أنا انتبه دائمًا

وتأتي سيارة دون أن تنتبه والأُم تخسر ابنتها بسبب إنشغالها بهذا الشيء

ونحن نستمر على هذا الوضع ولا أحد ينتبه لما حوله

عندما تستغل وقت فراغك استغله في شيء جميل ومُختلف

اكتشف ما بداخلك وأرسم ضحكة على وجه غيرك لترى نوع من أنواع السعادة

العالم القديم كان أهدى وأجمل لأنه كان بدون مواقع التواصل الإجتماعي الفاشلة

أقضي وقت فراغك في شيء يفيد حياتك

وأبتعد عن مواقع التواصل الإجتماعي

الكاتبة: *روميساء سيد*

HURIT AL JANA

الصـمـت

_الصمت الذي الجأ له في كل مرة

لن أعد كما كنت، تذكرت حين كنت أتحدث وأشبه الراديو الذي لا يوجد فيه إعلانات و أشتد حديثًا مع من أحب، والآن أنا فقدت كل هذا؛ فقدت الشخص الذي إبتسامته كانت تظهر قبل حديثي معه

أشبه شخصًا عجوزًا يعيش في كوخ لا يوجد بِه أحد غيره ولا في هذه القرية أحد ليعيش معهُ .

عدت شخصًا صامتًا لا يتحدث مطلقًا

الكـاتبـة: *روميـساء سيد*

HURIT AL JANA

عتمـة الليـل

_هدوء الليل توقف مهلًا

اصمت اصمت، أريد أن يصمت عقلي قليلًا، رأيت العالم يُشبه عتمة الليل، أغلقت عيني بهدوء وعلمت أنني في هذا العالم وحدي من يسمعني ويسمع صوت قلبي الذي يرتجف؛ ورعشه يدي التي لا أقدر علي التحكم بها، علمت في هذه اللحظة أن عقلي هو ما تبقى مني ولم يعُد لديَّ روح ولا قلب بل عقل لا يصمت وجسدًا لا يُشفى

ثم يهمس لي صوتًا ويقول:

عقلًا لا يصمت ولكن يصمد أفضل من قلبًا يعشق ويهدم

الكـاتبـة: *روميساء سيد*

HURIT AL JANA

أُريدك مـعي

_أحببتُها ثم عشقتُها ثم ماذا ؟

تريد مني أن أكتب لكَ أن الحب قد أكتمل، لقد فشلت هذه المرة؛ فشلت وأنا أعلم كل هذا، حياتي قد انتهت بعد ذلك اليوم في ليالي نوفمبر الممطرة والمطر يزداد فيها ولكنها لا تقارن أمام دموعي المتتالية

أريد أن تأتي لا أقدر أن أعيش بدونك يا فتاتي فأنتِ من تُحيي قلبي وها هو قد مات من بعدك

أحببتك وأنتِ لا تعلمين هذا و لا زلت أريدك رغم هذا

الكـاتبـة: *رومـيـساء سيد*

HURIT AL JANA

اشتقت لأخت

_أتشوق لوجود أخت تبقى بجانبي دائمًا مثلما أرى مع من حولي من أخوة

أحلم بأخت كل يوم تشاركني تفاصيل حياتي وتزداد مشاكل الحياه بيننا على أشياء جميلة عندما نكبر نتذكرها

حين تأتي مصيبة فتقاسمنا بها ونحفظ أسرارنا الصغيرة بين بعضنا البعض

رأيتك في كل ليلة حزينة في المساء كنت أبكي فيها

أفتقد أن يكون لديَّ أخت تحتضني حين يزداد حزني من هذا العالم.

بوجود الأخت الحياة تختلف

الكاتبة: *روميساء سيد*

HURIT AL JANA

مُختصر الحب

ـ أصدق الحب :

حين قال على نفسه أنا آتي دون وعي ثم أجعله عشقًا لا ينتهي وتعجبت له بفعل كل هذا

عندما تحب شخصًا ولم تعلم لماذا أحببته؟

فنسلم أرواحنا لمن نعَشق وما أجمل الروح مع من تحب

فليفعل الحب ما يشاء ونُحن نأتي بقلوبنا كما أراد

الكـاتبـة: *روميساء سيد*

HURIT AL JANA

خليل روحي

_قدمت له روحي فصار خليلها فتعجبت لكثرة عشقي له

عشقتك لتكن أنتَ معجزة حبي وتسكن بين ضلوع قلبي فازداد لكَ شوقي وفي كل مرة عيوني تبحث عن عيونك أرى قلبي يزداد نبضًا فأزهر كوردة في الربيع عندما اراكَ

فاكتفيت بكَ.

الكـاتبـة: *روميساء سيد*

HURIT AL JANA

إنـفـصـام

_عقلًا يتشتت بين العديد من القرارات ولا يعلم ما هو أفضلهم

لا أحد يعلم ماذا يريد ولا هو يعلم أيضًا، يسأل نفسه كل ليلة ماذا أريد لأتعرف على نفسي أكثر؟

هل أريد النجاح؟، وماذا أريد منه ؟

بل أريد أن أجلس في صمت بلا طموح

(لا أريد أن يراني العالم ولا أتوقف عن العمل، لا أقدر أن أعمل بشكل جيد)

كفى تشتت؛ كفى إنفصاميّة، أصمت قليلًا و أفكر بهدوء و ابدأ من البداية ولا من أوسط الأحلام ولا من نهاية ما تريد و لكن خطوة خطوة وتقدم ببطئ لتجد ما تريده، فهذا الإنفصام إذا استمر سوف تفقد كل ما تحلم بهِ ولن تجعل نفسك شيء في هذه الحياة بلا ستفقدها وأنت ترى كل هذا أمامك

أصمُد على قرارك ولا تسمع لتشتت عقلك و ابدأ بهدوء وعقلانية لتزداد نجاحًا.

الكـاتبـة: *روميـساء سيـد*

HURIT AL JANA

الإنطـواء

_أنا ذلك الحزين الإنطوائي الإجتماعي الذي يواجه العالم في صمت ولكنني أُشارك الفرح للجميع

أنا ذلك المُشتاق للفرح وتحطم من الحزن والإستمرارية في الوحدة ولكنني أبقى مع الجميع على أي حال، أنا ذلك الإجتماعي والإنطوائي

فمثلًا : *أحيانًا يخون الإنسان ذاته ولقد خُنت ذاتي وبجدارة*

لا أُريد أحد معي؛ ولا أُريد أن يشعر أحد بذلك الشعور الذي يُعاني منه قلبي طوال حياتي لكنني سوف أتعافى للقدرة على مواجهة هذا العالم

لا تدعي للإنطـواء الدائم التحكـم في عـالمـك الجديد، تقدمـي للأفضـل

الكـاتبـة: *روميساء سيد*

HURIT AL JANA

التنمر

_لا أقدر أن أبوح عن ما بداخلي

لقد تعرضت لأسوأ شىء في العالم وهو *التنمر*..

فالإبتلاء حين يأتي من الله فنُحن غير مسؤولون عن ذلك ولكن البشر يعاقبوننا وكأننا سبب ما نُحن فيه فيزداد خوفي من البشر، بسببهم كرهت نفسي و شكلي، كنت لا أعلم أنهم لا يستحقون الإستماع لهم منذ البداية، فالتنمر اللفظي أشد صعوبة في الحياة

لا تدعي أحد يتنمر على شكلك أو ملابسك أو صحتك أو ما تفعلي

الله خلقك عزيزة و مُضيئة، فلا تُطفأ روحك و تحققي لهم ما لا يستحقونه

أفعلي ما تشائين فأنتِ جميلة بكل ما تفعلين و ارتدي ما تحبي وزيدي جمالًا ولا تهتمي لأقوال السفهاء

أنتِ لكِ جمالك الخاص

الكـاتبـة: *روميساء سيد*

HURIT AL JANA

أمـي

_أنتِ تجعلين كل شيء أفضل بكثير تشبهين قطعة السكر في كوبًا من الشاي المر

أمـي

اسمك له هبه وثقة فحديثي عندما أذكركِ فيه، أحزن عندما أتذكر رفضي لأي شيء تطلبينهُ وأنا لا أعلم أنه كان خوفًا عليَّ تشبهين السماء في وقت الشروق أنتِ الحياة وما فيها والحياة بدونك تنتهي، أنتِ أجمل ما في العالم، لقد قصدت أنكِ أنتِ العالم وما يحمله من الإحتواء والحنان والطيبة والإخلاص والحب دون مقابل، أنتِ من يعتني بي عندما أمرض وتعطيني الدواء ولكنكِ لا تعلمي أنكِ أنتِ الدواء الذي يشفيني بحضنك الذي يجعلني أرتاح عندما أجلس فيه دائمًا.

أمي دائمًا تجعل كُل شيء على ما يرام

لا تجعل الأم تبكي بسببك ولا تحزن لأن الله جعلها تتحملك أكثر مما تتحمل لتراك أمامها فلا تجعلها تندم بسبب معاناتك لها، الأم تبقى العالم بأكمله وأنت جزء لا يتجزأ من العالم أمامها

الكـاتبـة: *روميساء سيد*

HURIT AL JANA

HURIT AL JANA

العمر المُنتهي

_العمر الذي يزال ينتهي دون علم ووعي بذلك الطريقة فهو (العمر المُنتهي)؛ لا أريد أحد معي وما أقسى ذلك الإحساس

أسمع صوتًا يهمس طول الوقت في أذني بأشخاص لا أعلم من هي وما تريد من عقل متشتت ولكنها ترعبني كثيرًا

تأتي إمرأة عجوزة صوتها كان مزعجًا وتقُول لي: عقلك لا يصمت أبدًا ولسانك لا يتكلم وأنت سبب فشلك وتضحك ولكنها مزعجة كثيرًا

أصمت من صعوبة صوتها في كل مرة وأجيب عليها "في يومًا ما أنا سأصل وأنا لا أريد أن أراكِ مجددًا

وثقت أنني سوف أتقدم وتقدمت على أي حال وما أحلى طعم النجاح وإستغلال العمر ولن ينتهي مجددًا

أستمر في تحقيق حلمك ولا تضيع عمرك فاستغله في إستمرارية النجاح.

الكـاتبـة: *روميساء سيد*

HURIT AL JANA

جعلتني أقوى

_شوقًا لا اشتاق ...

حبًا لا أريده ولو كنت أنت الذي قلبي أحبه

لا أريد أن أكون معك

أتذكر حين قُلت لي أنا لا أريد رؤيتك إلا و أنتِ مُبتسمة لأن هذا يجعلني أسعد مَنْ في العالم

واليوم أنت سبب إختفاء إبتسامتي التي أصبحت بهته من دونك

فقسمت أنك لو كنت آخر رجلًا في العالم لن آتي لكَ مجددًا

فجعلتني أقوى دون أن تعلم.

الكـاتبـة: *روميـساء سيد*

HURIT AL JANA

خذلتني صديقتي

_إلى متى ستظلين هكذا يا صديقتي؟!

لقد جرحتي قلبي، أتسأل لماذا فعلتي بي هذا ؟، وثقت بكِ وأعطيتك سري وشاركتك فرحي وحزني وفي المقابل غدرتي بي، أنا لا أستحق منك كل هذا، عندما كنتي تحزنين كنتُ أحزن معكِ، كنتُ أخاف عليكِ من العالم بأكمله لقد أعطيتك حبي وروحي وحياتي بالكامل وأنتِ أعطيتيني غدرًا، لقد انعدم قلبي من الثقة في الأشخاص، قُلت لكِ أنني وحيدة وأنتِ استغليتي كل هذا، وثقت بكِ وقُلت لكِ نقطة ضعفي وأذيتيني بها، هل هذه هي مكافأتي على كل ما فعلته لكِ، لم أعد أثق بأحد بعد ذلك، أنتِ لا تستحقين أن يُلقى عليكِ كلمة صديقة، أنتِ تستحقين أن يتم مناداتك بملكة الخُذلان، لا أقدر أن أنسى أيامنا الحلوة و لكن سوف أصبح قوية وأختار البعد وسوف تفتقديني بعد ذلك وتحزنين عليَّ، لقد أقتنعت بسببك أنه لا يوجد صداقة حقيقية في هذا العالم، لا يوجد شخص وفي مثلما قالوا، اكتشفت أنه مجرد هراء و أن هذا كله كان كابوسًا، أريد أن استيقظ منه سريعًا.

لا أريد أحد بجانبي ولا أريدك أنتِ أيضًا.

الكاتبة: *روميساء سيد*

HURIT AL JANA

فلسطين أرض حرة

_يأتي الصباح ونحن لا ننام مثل العالم الهادىء الذي نسمع عنه، فلسطين بلدنا جميعًا لنقف مع كل جندي في المعارك، تشبه طفل يأتي بكل شجاعة أمام أعدائنا ليدافع عن أرضه وعن عمامه وعن عالمه الذي يُهدم قبل أن يحقق بهِ شىء

يأتي شاب في العشرينات يضحي من أجل فلسطين لتكن بلادنا أرض حرة لا يسكن بها أعداء وتبقى سالمة، أب يغادر أسرته و يترك طفله الرضيع و هو لا يعلم إن كان سيودعه أم لا

و من داخله يعلم أنه لن يعود إلى البيت مجددًا

كل طفل يحلم أن يُحارب من أجل بلده و أهله الذين قُتِلوا من أيدي العدو، طموح الأطفال تُهدم بسبب إسرائيل

بلادنا أرض حرة وتبقى أرض حرة

الكـاتبـة: *روميـساء سيد*

HURIT AL JANA

حـلـم طـفـلـة

_مُنذ طفولتي وأنا أحلم مثل كل فتاه أن يكون لديَّ حبيب يحتويني ويكون أمير حياتي

يكون سند لي ويعلمني بحب لو كثرت في أخطائي

ووجدتك أنت في حياتي

وامتلكتها أيضًا، عندما تمسكني من يدي أشعر بأمان و طمائنينة بداخلي

كل مره تأتي وكأنها المرة الأولى والإحساس الأول

إبتسامتك التي تجذبني إليك، يا لها من إبتسامة تحمل كل معاني الجمال لا أقدر أن أتحدث عنها

أحلق بالسماء عندما أشاهد عيناك وحين تقترب إليَّ واسمع صوت أنفاسك التي اشتاق لها كثيرًا

بين سطور قلمي وإحساس قلبي أريد أن أكون حبيبتك وصديقتك المقربة التي تبوح لها بكل ما فعلت دون تردد أو عناء

سأظل معك في طريقك وقتًا لا يقل عن عمري بأكمله ولا أمل أبدًا

أحبك منذ البداية حتى تأتي النهاية

يومًا ما سأقول تحقق حلمي الذي كنت أسجد له طول الليل واليوم ، وأنا أسجد معك في العالم الإفتراضي الخاص بنا

سأعشقك كل يوم عن اليوم الذي يسبقه

ستظل عشقي للنهاية

الكـاتبـة: *روميساء سيد*

HURIT AL JANA

الكذب

_ بعضًا من الناس يعتقدون أن الكذب شيء طبيعي وفقدان الثقة شيئًا ليس له معنى

تخرب العلاقات بأكملها بسبب كذبة لا تعلم لماذا تحدث، لماذا نكذب من البداية ونحطم ثقة من يزيد حبنا في قلوبهم ؟!، لن يأتي الحب حين يبدأ بالكذب، البيت يُهدم ولن يُبنى أبدًا عندما يُبنى على الكذب وكسر الوعود والثقة، ماذا تعني كسب العلاقة دون ثقة وبالكذب ؟!

من يكذب مرة يستمر في كذبة لأخر العمر

قل الصدق ولو كان الصدق نهاية.

الكـاتبـة: *روميساء سيد*

HURIT AL JANA

تـفـكـك أسري

_صوت الصُراخ يزداد وقلب طفلة ينبض بسرعة البرق في غرفة مظلمة؛ ترى من خلف باب الغرفه أنه قد تفكك كل ما يحتويها وهي لا تعلم ماذا تفعل؟، أب وأم لا يعلموا ماذا يفعلوا بأطفالهم لمجرد أنهم بعقلية أقل حكمة، والطفل يكبر في مجتمع إستهزائي بسبب أنه كان في أسرة مفككة ولا يعلموا كم كان وجع قلبه وإنهزام روحه في هذه اللحظة التي لا يعلم متى سوف تنسى و ذلك اليوم بكل ما حدث فيه لهذا الوقت الذي تذكره فيه.

*لا تعلموا كيف تأتوا بجيل جديد وصامد فلا تأتوا به من البداية وهو من يعاقب على ما فعلته بهِ

الكـاتبـة: *روميساء سيد*

HURIT AL JANA

اشـتـقتُ لأبـي

_فقدت شيء لا أقدر على تحمل فقدانه؛ وذكرى لن تذهب من عقلي وكأنها أمس، صوت المفاتيح في الليل مع إنتظارك لتأتي وتبتسم إبتسامتك التي تخفي بها الألم الذي كنت تحمله من أجلنا، فقدت جمال يوم الجمعة عندما كنا نجتمع فيه وأنت كنت سبب الأمان الذي كنت أشعر بهِ، اشتقت لكَ كثيرًا وأنا أعلم أنني لن أراك مجددًا، كل ليلة وأنا أبكي لأنني اشتقت إلى حضنك يا أبي ولقد فقدت كل شيء معك.

لقد فقدتك يا أبي ويعز عليَّ أن أقُل أنني قد فقدتك بالفعل

الكـاتبـة: *روميساء سيد*

HURIT AL JANA

الوحـدة

_ في الصباح الباكر أقوم بصحبة كوب القهوة الذي لا أقدر على تكملة يومي بدونه، القهوة السادة الداكنة التي تشبه وحدتي وأذهب إلى وسادتي التي تحتويني في أخر كل يوم و كل ليلة من هذا العالم فأصمت قليلًا ثم قليلًا وأقُل : لا تثقي بأحد مهما زاد قربه لكِ؛ إنهم يشبهون بعض مهما اختلفت أوضاعهم في الحياة

في النهاية نُحن مجرد قصة.

الكـاتبـة: *روميـساء سيد*

HURIT AL JANA

رسـالة إنـتـحـار

_نتظاهر بالحياة وأرواحنا مُتعبة

فلقد قمت بتحضير قلمي لأكتب لمن أحب الرسالة الأخيرة ولتبقى الذكرى وأمامي الكرسي والحبل الذي سوف أفقد بهِ روحي المتبقية، أريد أن لا تأتوا حين أموت لتتحدثوا معي وأنتم لا تعلموا شيء عني عندما كنت أعيش معكم، لا أريد أحد بجانبي في موتي لأنكم سبب فقداني للحياة، أريد أن أعيش بمفردي وأن أموت بوحدتي و لكن تراجعت عن كل ما يدور بعقلي لأنني لا أريد أن أموت بهذه الطريقة، فهذا الإبتلاء يأتي من الله وأنا سوف أبذل كل جهدي على تحمل كل هذا الشيء فسأبقى كما يُريدني الله

فروحي قد تكون مُتعبة ولكنني بخير مع الله

الكـاتبـة: *روميساء سيد*

HURIT AL JANA

أُحبك بمفردي

_هل تعلم قدر عشقي لكَ وما في قلبي ؟

وحين تعلم كل ذلك لأقسم لكَ أنك سوف تأتي مُنهزم وبين ضلوع قلبك تشتت لا يعلم لماذا فعل بي هكذا !

عشقتك وأنا أعلم أنكَ لا تراني كما أراك ولا تشعر بي كما شعرت بكَ في جميع أوقاتي

وهنا كان قصدي بأنت جميع أوقاتي ولكنني سأحاول مجددًا لأنسى كل ما فعلته بي

قلبي ما زال لا يريد غيرك.

الكـاتبة: *روميساء سيد*

HURIT AL JANA

قلبًا يشتاق

_ولو كانت عودتي بها وجع قلبي فلو هُدم العالم لن أرجع أبدًا، سألتُ نفسي كثيرًا لماذا أحبك ولا أرى ذلك الحب؟!؛ والشوق حين اشتاق تأتي أنت في عقلي وقلبي يزداد نبضاته ويعود العشق مجددًا وكأنه كان ينتظر لحظة الشوق في قلبي

ثم ارضيتُ نفسي ومسحت دموعي وقولت لو تقف عليك أو على موتي لأختار الموت أفضل من أن أكون معكَ.

لا تضعِ كرامتكِ أمام الحب وتختاري الحب، كرامتكِ أولًا تأتي والباقي أخر إهتماماتك

الكـاتبة: *روميساء سيد*

HURIT AL JANA

لـن نـبـقـى

_أدركت مؤخرًا أن كل شىء مؤقت حتى أحبابك وأصدقائك التي لا تقدر على العيش بدونهم

(قاسية هذه الحياة)

فهكذا نعيش نُحن مُلوحين بالوداع بكل خطوة

شىء نفقده تلو الأخر

وفي النهاية نُحن راحلون كما أتينا

نأتي عليها فيستقبلوننا بفرحة ونرحل منها فيودعوننا بأشد حزن

ومـن المـمـكن أن تبقـى لنـا ذكري لا تُنسى

الكـاتبـة: *روميساء سيد*

HURIT AL JANA

عيناك مُنصفّة

_مـا الذي بعيناك لِتغلبني هكذا بـإستمرار ؟

مـا الذي بـروحك لِتغلبني هكذا ؟

أنا لا أود أن أعيش من دونك يا أفضل مـا قَدم لـحياتي

حياتي التي كان ينقصها أنت واكتملت بـكَ فقط

فإذا انتهَت أيَّامنَا فتذكّر أنّ الذي يهواكَ في الدُّنيا أنا.

الكـاتبـة: *روميسـاء سيد*

HURIT AL JANA

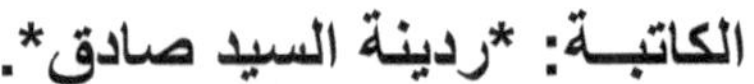

الكاتبـــة: *ردينة السيد صادق*.

السن: 20 عامًا

محافظة: *الغربية*

طالبة رابعة ليسانس (*بكلية الدراسات الاسلامية*) وأتمنى أن أصل إلى طموحي وحلم والدِي «الأستاذ / سيد صادق ربيع)» الذى تبقى على تحقيقه بضع خطوات

وأيضًا أخص بالذكر «أمي» «الأستاذة /نجلاء السيد باشا» التي كانت داعمًا أساسي لي ولكن إن شاء القدر أن أدخل تلك الجامعة ببساطة «من أراد الله به خيرًا يفقهه في الدين» حُلمي هو الوصول إلى أفضل نسخة مطورة من ذاتي في كافة المجالات التي أستطيع المشاركة فيها وخاصة في هذا المجال الرائع الذى يتيح لي التعبير عن ما يتراود إلى عقلي لتكتبه أقلامي ولا اخفي عليكم أنني أود وبشدة أن يتبنى تلك الأفكار (كاتب / كاتبة) لهم وزنهم ومكانتهم كي تنمو تلك التي سبق ذكرها وخاصة عند سماعي من الكثير أنني امتلك موهبة رائعة في هذه المجلات فلقد سبق لي كتابة الومضات والشعر والخواطر وغيرها مما لا أريد أن أُطلب عليكم بذكره ولكن أيًا يكن فبالله توفيقي وأرجو ان أكون من كتَّاب المستقبل ذوي الحنكة في التعبير لكي تصل كلماتي أسرع للقارئ والمستمع.

دمتم في أمان الله وحفظه.

_ لماذا هي الأم؟

لأنها من تحمل وتتحمل عبء المنزل بأكمله ولم تتحامل يومًا أو تشتكي من زوجها الذى سواء وفر لها أو لم يوفر تكاليف تلك المعيشة التي أرادتها أم كانت تطمح لها، أو من ذلك الابن الأكبر الذى لم يعمل ليوم على الأقل ليتدبر معهم عيشهم، أم من تلك الفتاة الصغيرة ذات الأشهر القليلة التي لم تكف عن البكاء منذ أن ولدت إلى يومها هذا؛ كلما أرادت شىء ولم يأتي إليها تبكي وتطيل في بكائها كأنها تلومهم على عدم مقدرتهم على الاعتناء بها، رغم بذلهم الجهد فوق جهدهم لكى يوفروا لهم الافضل دومًا ولكن حسْب إستطاعتهم ولا انسى ذلك الفتى ذات العشر أعوام الذى لم يأتي بتلك العلامات المميزة في صفة إلا ولأنه وبكل فخر حاز على تشجيع تلك السيدة العظيمة وهى التي لم تتركه يومًا إلا وتطمئن عليه إذا مرض حتى ولو قليلًا خوفًا على فلذة كبدها هذا الصغير الذي سيكبر يومًا ويكون في عمله مثالًا للإنسانية والعطاء كما تعلم وتربى على يد أمه التي سيعجز يومًا عن وصفها

من كثرة التضحيات التى كانت ولا تزال تقدمها

الكاتبة: ردينة السيد

صانعة الرماح

_ *لاتبتعد:*

أعتذر منك على كل كلمة جرحتك مني؛ فأنا لم أقصد ما قاله لساني، لم أقصد ما قولته في تلك الأمسية، هي فقط كلماتي المندفعة كما تعلم لم أرد جرحك بأحرفي وكأنها أحرف من زجاج مدببة كما تعتقد، أنا لست قاسية كما يتراود إلى خاطرك، أنا فقط أعجز أحيانًا عن التعبير بالكلمات المناسبة فقط كما تعلم، فأنا طفلتك المدللة لذا أرجو منك عناقًا صغيرًا لإحتواء قلبي الذي قد يموت من شدة تالمة إذا بقيت بعيدًا عنى هكذا.

الكاتبة: ردينة السيد *صانعة الرماح*

❀❀❀❀❀

_ *حتى المشيب*

ولأننا نود أن نشيب معًا بغير أن تشيب قلوبنا، يجب علينا الإختيار الصحيح منذ البداية، لأن حياتنا ستُبنى على ذاك الإختيار، الإختيار الذى سيحافظ على مشاعرنا، شابة رغم تقدمنا بالعمر، رغم ترك الكثير من الذكريات المتضاربة بأنواعها خلفنا وبناء المزيد والمزيد منها بلا ملل، وبين أحلامنا التي لطالما حلمنا بها معًا والتي سنرسمها من جديد، فما الحياة بدون حب إلا حياةً بدون حياة.

الكاتبة: ردينة السيد *صانعة الرماح*

فقط عناق وقهوة

_أشعر فقط بأنني بحاجة إلى فنجان مليء بالسعادة وعناق دافىء ممزوج ببعض الاحتواء فيه ما يكفي ليشعرني بالأمان وإبتسامة رضا من هذه الحياة السخيفة وسيصبح كل شيء على ما يرام. *حتى بدونك*.

**الكاتبة: ردينة السيد* *صانعة الرماح*

انظر للخلف

_أحيانًا يجب علينا ترك الحاضر قليلًا والرجوع إلى هذا الماضي المؤلم الذى لم يكف يومًا عن ملاحقتنا لتفقد أحوالنا السابقة لمعرفة أخطاءنا ومراجعة الخطوات التي تعثرنا بها فأوصلتنا إلى ما نحن عليه اليوم.

**الكـاتبـة :ردينـة السيد* *صانعة الرماح*

مملكة بلا جنود.. حرب بلا جدوى

_الأمر بات أشبه بأن يستنزف جميع الجنود طاقتهم ولم يعد يبقى سوى الملك الذى سيضطر إلى النهوض عن عرشة للدفاع عن ما تبقى من أرضه الخاوية، نعم هذا أنا؛ استنفزت كل مشاعر قلبى فى محاولة فاشلة للتمسك بك ولكن بلا جدوى، الآن بات عقلى يحاربنى على أنين قلبي كل ليلٍ بمفردي.

الكاتبة: ردينة السيد *صانعة الرماح*

❀❀❀❀❀

اسمعني

_أعد الإستماع إلى قلبك، أعلم إنك لست قاسيًا لهذة الدرجة وأنت تعلم أنني لا أكترث لشىء، رغم ذلك ربما أنت فقط من جعلني انتبه إلى تلك التفاصيل الصغيرة التي كنت أظنها يومًا ما عديمة الفائدة ومجهولة الهوية لذا أتمم قراءة نصي الذي ربما أكتبه لك بدافع خوف المحبوبة على معشوقها الصغير الذي ظل تائهًا في غابات عقله غارقًا في موجاتٍ من عاصفه سرمديةٍ لا تكف عن الدوران داخل ثنايا قلبه الصغير

أرجوك عُد إلى نفسك، أرجوك أنني انتظر

الكاتبة: ردينة السيد *صانعة الرماح*

أكتب لكي أروي لك ما يجول في خاطرك

_ببساطة ليس فقط الخذلان هو من يجعلنا نكتب، ربما نكتب لأننا أردنا الكتابة، أحببناها؛ عشقناها حتى أطلقنا العنان لأنفسنا في كل شيء؛ لذلك نكتب عندما نحب وعندما نكره عندما نحزن وعندما نسعد نكتب لأن ما يجول بخواطرنا لا نستطيع البوح عنه سوى بالقلم وحينها لن نتوقف؛ ولأن لا أحد يسمعنا سوى أوراقنا

* _سنكتب المزيد_ *

الكاتبة: ردينة السيد *صانعة الرماح*

❋❋❋❋❋

سيهلكنا الفراق

_أحيانًا يجب علينا أن لا نبادر بقطع علاقتنا بشخص ما لمجرد جهلنا بأن هذا الشخص الذي لا نريده هو نفسه الذي يصنع بعض التوازن لحياتنا وإن لم نلاحظ ذلك، وأيضًا قرارنا هذا وبدون أن نشعر لن يؤذيه وحده ولكن حتمًا سيؤدى إلى هلاك الجميع وبالأخص ذلك الذي بادر بالدمار فربما تكون حيوياتنا معلقة بشيء أخر لا ندري ما هو ولكن إنفصالنا حتمًا سيؤدى إلى الخراب

إن لم نؤذي أنفسنا على أقل تقدير

الكاتبة: ردينة السيد *صانعة الرماح*

أحبك رغم صداقتنا

_ومهما أصبحت المحادثات بيننا قليلة ستبقىٰ صديقي، وسأبقىٰ أحبك لأنني منذ أن رأيتك للوهلة الأولى شعرت بشيء غريب؛ شيء يشبه أننا تحدثنا كثيرًا من قبل أو أنني قابلتك مرارًا بالرغم من تيقني بأنني أراك للمرة الأولى أحلم بك كل ليلة منذ التقت أعيوننا وبدأ الحديث بيننا بالرغم من إنه أحيانًا لا يتجاوز الإطمئنان على بعضنا ولكنني لا زلت أحلم بأن نكمل المسير معًا، فلقد أرهقني السير وحدي.

الكاتبة: ردينـة السيد* *صانعة الرماح*

✿✿✿✿✿

تائهة ولكنك وجهتي

_هناك مقولة تقول

إذا صعدت القطار؛ الخطأ عليك بالنزول فى أول محطة لأنه كلما تأخرت أكثر إزدادت تكاليف رجوعك

ولكنّنى أحببتّ الطريق معك بالرعم أنـي أعلم أن هذا ليس مساري، وأنك لست الشخص الذى كنت أتمناه يومًا

ولكن قلبى لم يشعر بتلك السعادة الغامرة من قبل

الكـاتبـة: ردينـة السيد* *صانعة الرماح*

نفيت مشاعرك خارج حدود قلبي

_ أعلم أن هذا سيؤذيك أكثر من كونه سيؤلمني ولكنك إذا تألمت من ردة فعلي فأعلم أن فعلك قد أوجعني لدرجة أنني لا يمكن أن أراك بخير إلا بعد أن يقتص قلبي من رماح أحرفك التى كادت أن تودي بكلماتي فتجعل حديثي مجرد كلام مقتول لا جدوى منه لذا تهيأ للرحيل قبل أن يشن عليك عقلي هجومه فتتمنى حينها لو أنك غادرت

منذ وقت طويل أو حتى لو أنك لم تراني فى حياتك قط.

الكاتبــة: ردينـة السيد* *صانعة الرماح*

ميت على قيد الحياة

_ فقدت شغفي بعد أن ضاع الكثير مما أضحيت أجمعه، أكره تلك الظروف التي وضعتني بخانة الإجبار والترك، لماذا دائمًا يجب أن أتخلى عن شيء لمجرد أن هذا هو الخيار الوحيد ؟!

لماذا لا يمكن الاحتفاظ بكل شيء أريده ؟!

و لماذا يوجد دائمًا أكثر من عيب في أي شيء نحب ؟!، فنضطر دائمًا أما للتخلي عنه أو التمسك به رغم أنه و بشكل ما لا يكف عن إيذاءنا، أنا أكره ذاك العالم وتلك الظروف الحقيرة التي أوصلتنا إلى نقطة ذهاب بلا عودة نقطة فاصلة بين الماضي والمستقبل، أتحدث عن هذا الحاضر، هذا الحاضر الذى لطالما كنا مقيدين بمخاوفنا من الماضي وقلقنا الدام من المستقبل رغم أننا لا زلنا أسرى تلك اللحظة التي لا نقوى على العيش بها دون تفكير لقد أرهقني كل شيء لم يعد بمقدوري التحمل أكثر كل شيء متعب كل شيء لا يبدو في مكانه الصحيح أرى كل شيء وكأنه نهاية العالم ولكن مهلًا أين العالم من الأساس الكل نيام تركوني أبكي وحدي، لم يقوى أحد على مسح أدمعي تلك التى كانت ترهق جفونى ليلًا حينما يعلو نحيب قلبي

أنا لست جسدًا، أنا روح متعبة

الكاتبة :رديـنة السـيد *صانعة الرماح*

عيناك لغز غريب

_ لا أقوى على معرفة كيف استنفزت قوى بمجرد التَمعُن بهما، بالرغم من إنني تلك التي لا يقوى عليها سوى خالقها، أنا متأكدة من إنني لم احتسي ما يسكر غير نظراتك تلك التي أخاف من وصفها كي لا تصيبني لعنة الأسر خاصتك تارة أراها حادة وأخرى أراها ينتابها اللطف والسكون هذا إلى حد عيونك مثل: *المحيط أغرقتنى فورًا عند رؤيتها أم إن قلبي بات متيمًا بجمالها؟!*

وعندما تنظر لكتابك لتقرأه أو تتصفح هاتفك لا أدري كيف أجن هكذا لأنني أغار من أن تنظر لشيء أخر حتى وإن كان جماد صلد لأنه وبشكل ما لا زلت أسيرة عيناك*.

الكـاتبـة: *ردينـة السيد* *صانعة الرماح*

دعني وشأني

_أعدك بأنني لن أستمع مجددًا لتلك الترهات؛ فهذا العالم بات مليئًا بالخراطين، أيضًا أضحيت أعلم جيدًا من يهمه مصلحتي، لذا فمن الحماقة أن لا أغض الطرف عن كل شخص ينتابه الأصول، وعذرًا منك إن وجدت مني شيئًا سوى التجاهل لحديثك، وإن كنت تزين حديثك هذا بأنك تهمك مصلحتي لأنني الآن أعلم من أكون جيدًا، ولا احتاج إلى شخص مثلك كي يوهم عقلي بأنني احتاجك، أليس معي حق بهذا ؟!

لأنني أعرف أنني لست بهذا السوء الذي كنت تعتقد يومًا، سألني قائلًا:

وماذا تقصدين بعد كل هذا ؟!

أكملت حديثي مجيبة لسؤاله قائلة: إن بقيت فسأبقى وحدي، وما أنت إلا محرك بحثي؛ إن أردت سؤالك عن شيء، إذا؛ فلا داعي لمحاولة فاشلة في السيطرة على قلبي؛ لأنني وبكل فخر المتحكم الوحيد به.

الكـاتبة : رديـنـة السيد *صانعة الرماح*

وجدت راحتي

_أنتِ راحتي، فأخر كل يوم حين يتملكني ذلك الشعور بالملل من هذا العالم السخيف الذى لا يقدرني بالرغم من أنك تراني جوهرتك الثمينة التي بدونها لن تستطيع العيش للحظة واحدة، حقًا أحب إهتمامك بي وبتفاصيلي الصغيرة، تلك التي أكاد أن أغفل عنها أحيانًا من شدة إنبهاري بك عندما تفاجئني بين الحين والآخر بشيء أريده أو أحسست حتى أنه يمكن أن ينال إعجابي على الأقل، حقًا اشعر بالإمتنان لتلك اللحظات التي جمعتنا معًا وإن كان معظمها كانت تحت مسمى " الصدفة "

ولكن في الحقيقة أشعر أحيانًا أنه قدر أكثر من ذلك، فأنت أمنيتي وأماني ومأمني التي وإن طال بحثي عنهم لن أجدهم حتى تجدني أنت فيطمئن قلبى بوجود إحتواءًا له بعد أن كان وحيدًا لوقت قد طال قبل رؤياك عزيزي، لذلك أرجوك أن تكُن بخير فأنا لا أقوى على العيش إن أصابك ما لا استطيع تحمله، أريد فقط عندما انظر إليك أن أرى إبتسامتك تلك وكأنني العالم وكأن العالم لا يزال بخير عند رؤيتك فقط وأنت تضحك، لذا كن معي فقط ولن أبالي

الكاتبة: رديـنـة السيـد *صانعة الرماح*

وهم الإكتئاب

أنت يا هذا، لماذا تبدو حزينًا هكذا ؟

وما شأنك أنت، حسنًا ولكن هل فكرت ذات يوم لماذا كل هذا الحزن ؟

نعم فكرت، وماذا وجدت حينها؟ ، لم أجد سوى أن هذا العالم سيء لدرجة لم أتحملها وأيضًا لقد خذلني الجميع من حولي ولم يعد لي سوى قضاء ما تبقى لى فى هذه الحياة بهذا الألم حقًا، لماذا كل هذا؟، أرى أنك تبالغ قليلًا، أبالغ!؛ هه؛ لو أنك شعرت من قبل بما أشعر به الآن وفى كل لحظة لِمَا تلفظ لسانك بمثل هذا الكلام، حسنًا كما شئت ولكن أيمكنني فقط أن أحرر عقلك لبعض الوقت لنرى من منا على صواب ؟

حسنًا ولكن أمامك القليل فقط لأن حزنى ينتظر ، حسنًا؛ حسنًا لا داعي لكل هذا الآن ولكن سؤالي لك هو : لماذا حكمت على نفسك بكل هذا الحزن والبؤس ؟، أكان هذا لأن مجرد طريقًا من آلاف بل ملايين الطرق قد أغلق؟، لماذا لا زلت جالسًا أمام ذاك العمل الذي لم يتناسب معك؟، لماذا لا زلت تبكي وتتعب هذا القلب وتلك الجفون ؟، كل هذا لأن فتاة واحدة من كل فتيات العالم لم تحبك؟، ألم تعلم أن هناك سببًا وجيه لهذا الحزن أكثر منه سعادة، وهذا السبب أعتبره حقًا سر السعادة الأبدية فى نفس

الوقت لو تعلم سر السعادة!، حقًا؟؛ أتسخر مني يا هذا ؟؟؟، عفوًا سيدي، أسخر ماذا؟!، حسنًا سأقول لك شيئًا ربما لم تفكر يومًا به و هو أنه أحيانًا السبب الذى يجعلك حزين جدًا هو حتمًا أنك لا تجد ما يسعدك، لم افهم أردف ما تقول، حسنًا حسنًا سأوضح لك على سبيل المثال، أنت الآن حزين لأنك تركت عملك أي أنك الآن (بلا عمل)، أليس كذلك؟، ماذا لو أنك وجدت عملًا آخر بدلًا من هذا الذى فقدته وكان مثله بل أفضل حتى ؟، هيا أخبرنى عن شعورك حينها عندما ترى أن كلمة (بلا عمل) تغيرت لتصبح (أنا الآن في العمل) معك ألف حق، كيف لم أفكر بهذا من قبل ؟

حسنًا؛ ببساطة فقط أترك ذلك الباب وأطرق غيره لأنه لا مزيد من الفرص لمن يضيعها بيده لمجرد أن وهمه يسيطر عليه وليس العكس، وأيضًا كلمة أخيرة لك: نحن من نصنع الفرص وليس فقط ننتظرها بل يجب علينا أن نكون مستعدين دومًا لها وفى أي وقت، شكرًا لك لقد عرفت الآن أن لا شىء يستحق كل هذا الحزن والألم.

الكـاتبة: ردينـة السيد* *صانعة الرماح*

لم أعد أحتمل لذا سأبتعد

_ ضحكت كبرياء رغم كسري حين انتهت فيك رغبتي بعد أن حال بيننا القدر يمزق ما تبقى بيننا، وكنت جالسة هناك انتظر لعلك تبادر لكي تسعف مشاعري

«التي كان يجتاحها الأسف إتجاهك» لأنني وبطريقة ما ظننتك "ملجئي"، رأيت فيك شيئًا كنت أتمنى رؤيته منذ زمن، ولكنني كنت مخطأة بشأن نظرتي تلك _على غير عادتي_ ألهذا الحد أغويت قلبي وجعلته يشعر وكأنك موطنًا له ؟!

ألهذا الحد جعلتني أدرك كم كنت حقًا غبيةً بإختيارك ؟!

لا أعلم كيف أكره أكنك لأنك فقط علمتني معنى الحياة وأن تركي نوعًا ما يشبه الإنتحار بالنسبة إليك، ولكنك حقًا بارع فى شيء واحد فقط وهو على الأغلب عكس ما رأيته منك فى تلك الأيام وحتى الأشهر الأولى منذ رؤيتك، شيء واحد فقط بعد أن كانت الثقة شيئًا موثقًا بيننا إلى أبعد الحدود، أعتقد حقًا أنك الآن تدرى ما أتحدث عنه تحديدًا، نعم كنت أنت وبلا رحمة أكبر كاذب يبرع في المكر والخداع ولكنك صرت بالنسبة إليّ الآن كومة من الغبار وفقط لذلك.

سابدأ وحدي وسأحاول من جديد

الكـاتبة: رديـنـة السـيد *صانعة الرماح*

لست أنا

_ لا لست أنا ذلك الجبان الذى يهرب من مخاوفه متجاهلًا السبب وراء ذلك الشعور المزعج بالعجز والضعف بدلًا من مواجهتها والقضاء عليها، لا؛ لست ذلك الأخرق الذى يدعي دائمًا أنه بخير رغم قلبه الذي بات حطامًا بسبب تلك البلهاء التي لم تجعل له إعتبارًا من الأساس رغم أنه وبكل ذرة فيه من إخلاص كان يهيم بحبها رغم تجاهلها المستمر لركضه الدائم خلفها وكأنها تعويذة السعادة الأبدية، وأيضًا لست ذلك الغبي الذى يفرض وجوده فى مكان لا يريده و لا يود الجلوس فيه لمجرد أن كلمة "المفروض" أثرت على عقله الذى تراخى عن العمل حد الثمالة، حقًا إنها نعمة أنني لست ذاك المتذمر اللعين الذي يهرع من مشاكله دون أن يفكر على الأقل كيف يجد لها حلولًا منطقية بنفسه أو بالإستعانة ببعض المساعدة بدلًا من شكواه المستمرة من كل شىء بل والأدهى من كل هذا أنه يجعل لهم حق فى نعته بأنه لا يفقه شىء و لا يعرف حتى كيف يكتم أسراره الصغيرة تلك فكيف له أن يتدبر أمر غيره إن صار رب أسرة ذات يوم رغمًا أن الأولَى من كل هذا أن يسعى ولو بالقليل فى التدرج لحل جزء منها على الأقل وكتمان ما يمر به لأن الأخرون ماذا سيفعلون له سوى سخرية البعض وثرثرة البعض الأخر بأنه سيكون كل شىء بخير، فقط توقف عن الكلام وابدأ بالعمل، أتعلمون؛ أنا

أيضًا لست ذلك الندل الذى ترك حبيبته بعد وعودته المزيفة لها وكأنه ترك خلفة زهرة بلا شوك لا تقوى على الدفاع عن نفسها بعدما انتزع منها قلبها، لا؛ لست ذلك الذي يعطي الآخرين الحق فى الحكم عليه كما يشاءون ويلتفت لأراء ذاك وذي لأنه حتمًا لن ينجو منهم ومن سمومهم اللعينة التي لا تنتهي، لا؛ لست هذا ولا ذاك

أنا فقط هى أنا، أنا فقط

أفعل ما يحلو لي وما يجب فعله، في الوقت ذاته استمتع بحياتي رغم مرارتها التي نوعًا ما تتشبه أخذ الدواء للشفاء وأخذ الدروس من آلامٍ يصعب التعافي منها رغم مرور العقود عليها، أنا هى تلك التي لا تجعل لأحد الحق في تقرير ما يؤول إليه مصيري أيًا يكن» ولأننا جميعًا ولدنا أحرارًا نتمتع بعقل يعي الكثير بل أكثر من الكثير بكثير ولم نخلق عبيدًا أو سجناء فى أقفاص جهلنا الذى يمكن أن يدلي بحياة البعض دفعة واحدة فقط لأنهم تكاسلوا عن تشغيل ذاك الشىء فى رؤوسهم، رسالتى فقط هي:

كن نفسك ولا شىء غيرها، كُن على طبيعتك، أطلق العنان لإبداعك؛ فقط

كن أنت ولا تبالي

الكـاتبـة: ردينـة السيد *صانعة الرماح*

عشقت حد الاضطراب

_لا زلت أتذكر ذلك اليوم وتلك الساعة عندما أردت أن أوقظك من أحلامك لتذهب إلى العمل فأسرعت ممسكة بهاتفي ومن ثم دق قلبي حينما تحدثت أنت بدأ على وجهي الخجل وكأنني كنت أراك أمامي لا استطيع نسيان هذه الثلاث دقائق التى كنت تحدثني بها ومن شدة فرحتي بسماع صوتك لم يعي قلبي ماذا يفعل سوى أن يدق طبوله ولم يدرك عقلي ماذا حدث وحتى لساني بات متسلسلًا بلجام الصمت وتدفقت عيناي بدموع لم أفهمها آنذاك، ولماذا كل هذا يحدث في وقت واحد ؟!، ولماذا لم يحدث من قبل؟! سألني عقلي هذا السؤال بدلًا سن أن يسعفني بإجابة لهُ !!، عقلي الذي كان لديه لكل شيء على الأقل تفسير واحد، أغلقت هاتفي فورًا بعدما انتهى حديثنا، حديثنا الذى شعرت حينها أنه قارب الثلاث سنوات وكأن الوقت لا يريد أن ينقضى إلا معك، حديثنا الذى لم أنطق فيه سوى بضع كلمات وكنت تقريبًا أكررها كلما ارتبكت، ألن تذهب إلى العمل ؟!، تركت هاتفي وأخذت أنفاسي التي كانت متسارعة وبشكل غريب لأنني نوعًا ما كنت أشعر بالوقت بشكل أعجز عن وصفه وكأنني كنت سجينة، تلك اللحظات التي لا تريد أن تمر إلا وهي تاركةً وراءها أسئلة يصعب عليّ حلها ولأننى نوعًا ما كنت أشعر بالوقت حينها بشكل يصعب شرحه، كنت أشعر أنني ولأول مرة عاجزة عن

الكلام رغم أنني معروفة بلباقة الحديث وبأنني لا أخشى أحد مهما كان، أتعامل بطلاقة مع أغلب البشر ولكن مهلًا!!!، ماذا يحدث الآن؟!، لم تمر لحظات حتى بكت جفوني بشدة وكأنني لم أبكي منذ زمن بعيد، حتى حينها شعر قلبي بنغزة بعدما عانقت روحي السعادة وارتسمت على وجهي الدهشة في آن واحد، ارتبكت حينها وقلت في نفسي

لماذا كل هذا الاضطراب ؟!، فأسرع عقلي إلى العمل مجددًا فتدفقت الإجابات لي وكأنني كنت قبله جماد أو صخر صلد لا يشعر بشيء حوله إلى أن ظهر هو وكأن بكائي كان على زمن مضى من دونه كموت رغم الحياة وكأن نغزة قلبي كانت تحذرني من آلم الفراق فى وقت لا أريده أن يأتى، وكأن روحي كانت تود لو أنهما التقيا منذ بداية الزمان وحتى عندما نود لو إنه رغم مرورِه لا ينتهي.

الكـاتبة: *رديـنـة السيد* *صانعة الرماح*

_*أغرق في صمت*

أشعر أنني أغرق ولكن في ثبات؛ في صمت؛ وفي كتمان لأحداثٍ كانت مؤلمة كفايةً بطريقة يصعب شرحها

ولكن آن الوقت لكي أشفى منها وما كان أقرب لي في ذلك الحين هو أن اقرأ حتى في ذاك الوقت المتناثر بين الفكرة والأخرى الشتات الذي لا يبوح في الشرح وإن أردت التحدث عنه لا أدري ما أقول سوى أنه أرهقني بشكلٍ موحش أكثر من أكثر شيء

يمكن أن يتبادر إلى أذهانكم، إنه الشتات بين الثبات والراحة التي هي بشكلٍ ما متعبة وبين المُضي قدمًا الذي هو بطريقة ما مريح.

الكاتبة: ردينة السيد* *صانعة الرماح*

_*الإنبهار الخارجي ليس دليل على الكمال الداخلي:*

ليس كل شيء جميل من الخارج وصل لذلك بسهولةٌولكي تعرف ما هي الأسباب التي وصلتها لذلك مستحيل توصل للدوافع الأساسية من غير صاحب الأمر نفسه ولذلك ليس لازمًا أن نحكم عليها أنها مبسوطة وتشعر بالراحة من غير مقابل على الأقل نفسي، فمن الجائز أن هناك أشياء تستهلكنا من الداخل كي تدفعنا لسلم النجاح والصعود وإنبهار أي شخص بنا من بعيد وجائز أننا من داخلنا ندوب وكسور وأحلام كثيرة ضايعة وتاركة بداخلنا آثار تفكير وحزن وسهر لسنين طويلة لأننا لم نصل لها؛ فمن الممكن أن ما وصلنا له هذا جزء منها أو حتى البديل.

الكاتبة: ردينة السيد *صانعة الرماح*

الكاتبة: رحمة حسن أبو الفضل.

السن: 20 عامًا

لقبت: *ركن الظلام*

محافظة: القاهرة

محتوى كتاباتي من وحي خيالي ومن تجربتي في الحياة الواقعية

وبدأت أكتب من عام *2022*

وأول كتاب أشارك فيه

أرواح لا تبوح

وهو أهم الإنجازات في حياتي وأول خطواتي وبإذن الله ليست الأخيرة.

إهداء لوالدي ووالدتي ولمن كان معي دائمًا لوصولي بما حلمت

البشر الذي لا يقدرون أن يبوحوا عن ما بداخلهم فنُحن الآن نقدم ما بداخلك ولا تعرف أن تبوح به.

فالحياة صامدة حين ترتب كل شيء كما تريد فلا تيأس أبدًا لتحلم وحقق ما تريده.

فالحياة مجرد قصة وأنت من يختار نهايتها

أنـا لـعيونهُ بـس

_لفت نظري يأتي من العيون، و لم أرى في جمال عيونه ثابتة في المحادثات مع الأخرين و في قمه تركيزي، أمام عينه أنسى كيف أتحدث، لا يأتي في بالي غير مدح عيونه و كيف ينظر إليه الأخرين " الله يعين الناظرين " ضاعت علومي بعيونك،

سبحان ربي ما أروع تفاصيلها، بنية تتميز بلمعان لا أقدر علي تمالك أعصابي بوجوده، نظرة في عينه تكفيني، أرى في عينه حلاوة الدنيا، يا الله لو أرى الدنيا من عينه لا أقدر حتى على تخيل ماذا سأرى من جمال عيونه، إنها داكنة اللون و لكن تلون قلبي برؤيتها

الكاتبـة: *رحمـه حسـن*

Rukn Alzalam

صراع قلبي و عقلي

_ في كل ليلة أعود فيها لغرفتي وأعود لوحدتي يبدأ قلبي وعقلي بالشجار على ما حدث اليوم

قلبي: لا أقدر على التخطي أنا هُزمت

عقلي: كن أقوى من ذلك لن يشعر بكَ أحد كُن لنفسك

أتذكر كل شيء مر من الذكريات في هذا الوقت لا أقدر على تحمل صراع قلبي وعقلي معًا، التفكير يرهقني وقلبي حزين ومُهدم، لكن أدركت مع الوقت أن عقلي هو الأصح، لقد ركنتُ قلبي وأكنني إستئصالته ولم يكن موجود من البداية، لا أسمع الآن غير أنني بمنتهى الجحود والقسوة، ولكن لو نرجع للماضي لم أكن أعلم ما معنى كلمه قسوة، القهر الذي مررت بهِ لم يكن سهلًا، لم يرى أحد ما حدث في قلبي من خراب

استسلمت لعقلي و كان الأصح

الكاتبة: *رحمه حسن*

Rukn Alzalam

العُنوسة

_لكن فاتني قطاري وصُرت في الأربعين أرى كل من في سني وهو مُتزوج و لديه أطفال وأحزن على نفسي، لما أنا؟؛ هل فعلت شيئًا يستحق هذا، كنتُ أريد أن أفتح بيت مثل كل هؤلاء، صار كل من يراني يزعجني بالكلام " لماذا لم تتزوجي بعد"

" من في سنك لديه أطفال الآن "

لقد صرتي في سن العُنوسة

هذه أنا قديمًا وأنا لا أعلم أن الله يأجل لي الخير وأنا خيري كان بعد هذا الوقت أنا الآن مُتزوجة من خير الرجال ولديَّ أطفالي يكبرون أمامي؛ عيني وحياتي سعيدة وهادئة

الخير قادم ولو بعد حين

ولكن من حدد سن الزواج، من أنتِ حتى تقُلي كلام يُقهر

لما لا نكن في حياتنا فقط ولا ندخل في حياة الأخرين ونُأذيهم بكلامنا

كفانا تدخل وتقيم للبشر

الكاتبة: *رحمة حسن*

Rukn Alzalam

ليتني لم أحبك

_لو أني أعلمُ أن الحب بهذه الخطورة ما كنتُ أحببتك، علمتني درسًا لن أنساه، درسًا في الثقة و أتذكر كل ليلة كيف خونت ثقتي بكَ، كيف دهست حبي لكَ كأنه بلا قيمة، رأيتك معها و أنت تضحك من كل قلبك كما كنت تفعل معي في البداية عندما كنت أرى نظرات الحب في عينيك لي، لا أعلم لُمَا اختفت هكذا ؟!

وكأنك لم تحبني مُنذ البداية، خونتني بدمًا بارد و لم تهتم بشعوري حينها، كنتُ لا أتمنى بكَ أي أذى ولكن الأن أتمنى أن أرى فيك كل أذى الدنيا على هذا الحريق الذي يُقام في قلبي، أتمنى أن أراك مُنهزم مُهلك لا حول لكَ ولا قوة، لقد ظلمتني ولا يحب الله الظلم، أراك في محكمة الله و هناك العدل يُقام .

حلفتني وحلفت لي أنك لا تخون، وخونتني

الكاتبة:*رحمة حسن*

Rukn Alzalam

الـذريـة الصـالـحـة

_وماذا لو تربوا على فطرة الإسلام و حب العبادة ؟!، ماذا لو كانت قلوبهم معلقة بالمساجد؟، ماذا أتمنى غير أن يأتي لي ابني وهو فخور وسعيد أنه صلى كل الفروض اليوم؟، نريدُ ذرية صالحة ليس بها عاق أو مهمل.

نريدُ تربية مبنية على ما هو الحلال وما هو الحرام.

أريدُ ابنتي مغلفة بالحجاب كالحلوى وهي سعيدة

هل هناك أجمل من سماع *الشهادة* من صغيري وهو يصلي ..

ربوهُن و ربوهِم على الإسلام.

الكاتبة:*رحمة حسن*

Rukn Alzalam

ضـجيـج العقـل

_بداخلي أكثر من شخص يتحكم بي و يفرض على رأيه، أسمع أصوات كثيرة بداخلي وفشلت في التعامل معها، بداخلي المُعاير و المُقيم و القائد والفاشل، ومن الأساس أنا الفاشل الذي يتحكم بِ كل هذا

أسمعهم

إلى متى ستظل هكذا لا قيمة لكَ

"لم تفعل شيئًا يستحق!"

"أفعل كل ما أقول لتنجح بدلًا من هذا الهراء"

لا أعلم من على حق ؟

ولكنني تعبت أنا أهدم معهم، لا أعلم أين العلاج ولكنني أحتاجه بشدة، أريد حياة هادئة بدون تحكم.

أنا الفاشل في قصتي

الكـاتبة: *رحمـة حسـن*

Rukn Alzalam

أحـببـتُ مُـخـادع

_يُعرف عن التمثيل أنه دارج في السينما والمسرح والتلفاز

ولكن المواهب أصبحت تتعامل معنا في الحياة اليومية.

أصبح كل شيء زائف حتى المشاعر.

كيف يُزيف المرء نظرات الحب في عينيه

لقد تعاملت معهُ وأجاب على كل هذه الأسئلة

كان يُريني كل حب الدنيا؛ غلف قلبي له وضمنهُ له وبعد كل الحب أراني خداعة، هل بهذا القدر كنتُ مغفلة !!

بعد كل هذا الحب الذي في عينهُ و كلماتهُ وحديثهُ وصوتهُ أصبح كذبة وسراب

لا يسامحك عقلي ويتمنى أن يُريني الله فيك ما رأيته في نفسي من وجع و قهرة ودموع

ولكن قلبي يسامحك بكل نبضة فيه تنبض بحروف اسمك

مُخادع لكن لا زال قلبي يحبهُ

الكـاتبـة:*رحمـة حسـن*

Rukn Alzalam

اشتقتُ لرؤيتك ـ.

_كل ما أتمناه هو مكان يجمعني بكَ ولا يوجد بهِ غيرنا، يأخذنا الحديث و يمر الوقت ولا نشعر بهِ، يمر و أنا اتأمل بك و أحدث نفسي بداخلي " سبحان الخالق هذا الجمال وقع في حبي أنا! " و مع حديثنا نحتسي كوبًا من الشاي لأنني أعلم أنه مشروبك المفضل و أنك تضع ملعقة واحدة فقط من السكر لأنك لا تحب الأشياء الحلوة كما أعلم أنك تحب الهدوء و اللون الأسود و العُزلة، كنت رفيقي الوحيد دائمًا، ستظل كذلك للأبد

لم أراك بعيني ولكن رأيتك و أحببتك بقلبي

يومًا ما سنلتقي .

الكاتبة :*رحمة حسن*

Rukn Alzalam

هزمني صوتهُ

_صـوتـهُ وطن أمن أعيش فيه و هو هادئ

صراع و رعب و هو غاضب

يُزهر و يروي و هو مسرور، أغرمتُ بكل نبره من صوتـهِ، أفقد تركيزي في الحديث و يبقى تركيزي في صوتـهُ الخشن المريح، إنـهُ تضاد و لكن هو من يوضحـهُ

ليس بمغني و فيه عورب و لكن صوتـهُ في قلبي أنغام يستمتع من يتسمع إليها

فرحتي و أنا مثل الطفلة عند إتصاله بي لسماع صوتـهُ

تتعبني الحياة و يريحني صوتـهُ

أذوب فيه و في كل كلمة منـه

مـا أجملـه و مـا أجمل صوتـهُ!

الكاتبة :*رحمة حسن*

Rukn Alzalam

هُزمت من أهلي

_يعتقد البعض أن المشاكل النفسيه تأتي من الحبيب و الأصدقاء و لكن أساس المشاكل النفسيه للأجيال المحطمة هُم الأهل

ليس كل أب سند؛ ليس كل أب ضهر، هناك من يقسم هذا الضهر و يحطمهُ و يدعس أبنائه و هو يعتقد هكذا أنهم سيصبحون أبناء يتشرف بهم، بسبب هذا التحطيم النفسي يأتي راجل ضعيف الشخصية لا يقدر على التعامل في هذا العالم و يخاف من مواجهته بمفرده، لا يعرف التعامل مع البشر يريد من يوجهه بسبب الحبس و منعهُ من التعرف على أحد بإعتقاده أن هذا آمن له، راجل ضعيف ليس له أصدقاء و هو شاب و يشعر بالوحدة طوال الوقت، و بسبب هذا حتى تعامله مع أهله صار قليل و يحبس نفسهُ في غرفته كما تعود و يبكي ولا أحد يشعر بهِ، لأنه لا يجب أن يُرى أباهُ هذا لأنه يرى أن هكذا ابنه في أبهى الصور، ولا يعرف أن ابنه في أحزن الصور، يحسب أن الحنية تضعف و هي ما يقوى، يحسب أن الطبطبة و الحضن ليسوا للراجل و لكن كل إنسان يحتاج لهم أحيانًا

حتى الابنة ليس عندما يقفل عليها تصبح هي البنت المثالية التي يتمناها أي شاب، عدم طبطبتك عليها و منع الكلام الحلو للأسف يجعلها تبحث عنه في الخارج من

شخص أخر، و يجعلها جاحدة القلب عليك كما علمتها من صغرها من عدم وجود حنيتك التي تحتاج إليها كل يوم و تبحث عنها، فقدت الأمل بكَ و رأته في غيرك و فعلت ما لا تريده من البداية و تبني هذا لأجله، و يمكن أن تكون قادره على عدم فعل هذا و لن تبحث عنها بالخارج في حبيب و لكن ما زالت محطمة و تريد أباها الذي بمخيلتها و تتمناه و لكن تبحث عنه في أب أخر غير أباها و تنظر إلى سنه الكبير و يضحك عليها بحكم أنه يفهم عنها، لما ندع أبناءنا يقعوا في هذه المتاعب و نندم في النهاية، لما لا نربيهم بسوى نفسي

و لكن ليس هذا أخر العالم و العوض سيأتي حتى لو كان سبب التعب الاهل

الأهل ليسوا سند دائمًا

الكاتبة :*رحمة حسن*

Rukn Alzalam

كانت لي صديقة

_لِمَا و كنتُ نعم الصديقة من البداية حتى النهاية

كنتُ لكِ سند قبل أهلك، كنتُ معكِ في كل المشاكل التي كنت أنتِ سببها، أسندك دون أن تقُلي إحتياجُك، و في النهاية هدمتي كل هذا بغدرك لي، لم تكوني صديقة؛ كنتي غدارة دائمًا و لم أرى هذا، حذرني الكل و كنت أقف أمامهم و أقُل أنها أختي و كل شيء لي ولا تقولوا عليها كلمة لأن الرد سوف يأتي مني، كنت أرد غيابك قبل وجودك، خذلتني و كنت أتمنى أن يأتي الخذلان من كل الدنيا إلا أنتِ .

لم أعد أصدق أحد بسببك أيتها الغدارة

الكاتبة :*رحمة حسن*

Rukn Alzalam

ذكريات مُزيفة

_عيشتُ معهُ تفاصيل و ذكريات لن أعيشها مع غيرِهِ

كان لي كل شيء؛ ليس حبيب فقط

كان يملىء هاتفي صورنا و محادثاتنا و رقمه الذي لا يفارق هاتفي، إهتمامه بي و بكل تفاصيلي الذي أوقعني في حبه دون أن أشعر و عرفت معه أن كل هذا يُزيف أحيانًا؛ إهتمام و نظرات و شعور مُزيف؛ حتى خوفهُ عليَّ كان تمثيل و ليس حب، أعطيتهُ قلبي بكل ما فيه من طيبة و إهتمام و طفولة و براءة أرجعه لي و هو ملأ بالجحود و عدم الشعور و القسوة

و لكنني أشكرهُ لتغيري، صرتُ أعرف قيمة قلبي

و أن لا أحد يستحقه و يجب أن يقدم لي كل حلو الدنيا لأتنازل و أحب و أُعطي قلبي لأحد

حصلتُ على قلبي مرة و خسرته و أوعدك أنه لو على موتك لن أُعطيك نظرة شفقة حتى

الكـاتبة:*رحمة حسن*

Rukn Alzalam

حطم قلبي

_عيشتُ قصة حب من داخل الافلام، كان يغمُرني بحبه كل يوم، لم يحرمني من شيء؛ كنتُ أتمناه، كان بجانبي بكل لحظة احتاجه فيها دون أن أطلب حتى، و جاءت اللحظة التي كنتُ أتمناها بعد سنين، جاء للتقدم لي و طلب يدي، ولكن كانت النهاية؛ رفضه أبي و أهانه في بيتي و أنا خلف الجدار أبكي من حرقة قلبي، فرقنا أبي و طبقاته التي أهم من قلب ابنته، عشت بدونه و لم أرى شخصًا أخر من بعده، كبرت و أنا بمفردي و حبه يكبر معي، يتحسر أبي على كل ليلة و هو يراني أكبر ولا أقبل بأحد، الندم يحاوط أبي ولكن فات الآوان و أنا قلبي محطم، لم أراه من ذلك الوقت ولكن لم يغفل عنه عقلي و تفكيري .

كانت الطبقات أهم مني يا أبي

الكـاتبة: *رحمة حسن*

Rukn Alzalam

الـعُـنصـريـة

_خلقنا الله في أحسن تقويم

و لم نسلم من خلقه سواء كانت ذات بشرة بيضاء أو سمراء يستهزءون بها

سوء كان ضعيف أو سمين يستهزءون بهِ

و ماذا بعد ؟!

من وضع معايير الجمال الذي تتحدثون عنه و تحكمون عن البشر و أنتم منهم !!

من قال أن الأسمر ليس بجميل و لونهُ ساحر بالنسبة للبعض وأكثر جاذبية من قال أن السمنة ليست من الجمال وهي بعض الأحيان تكون مرض من أنتم لتتستهزءوا وأنتم منا من الأساس ليس هناك أحد أكثر جمالًا من أحد أساس الجمال هي الروح ليس الشكل حتى إختلاف المحافظة والبلد والعرق صاروا يستهزءون بهم، إلى أين سنصل؟؟

كفأكم إستهزِاءًا بخلقِ الله و بكم عيوب الدنيا داخلًا قبل خارجيًا

الكـاتبة :*رحمة حسن*

Rukn Alzalam

وفى بوعدهُ

_التقينا في وقت و بطريقة كانت شبه مستحيلة لنكمل ولكن بعد فترة إعجابنا التي زادت؛ للحب طرق بابنا و طرق باب قلبي ليفرحه و ها هو يجلس مع أبي لطلب يدي، كيف اشرح الشعور؛ كان قلبي يرفرف من الفرحة وهو يضع خاتمة بيدي الخاتم الذي اختارناه معًا بعد أن كان مجرد صورة صار حقيقة بيدي

وفى بوعده ولا يوفي بالوعود إلا الرجال

الكـاتبة :*رحمـة حسـن*

Rukn Alzalam

الإكتئاب

_ أُرى فتاة حزينة تجلس بغرفتها طوال الوقت و لا تحب المناسبات ولا تجمعات العائلة فقط مجرد فتاة *كئيبة*

هل سألت نفسك مرة ما معنى الإكتئاب؟!

هل عيشت بهِ ليلًا و نهارًا ؟

الإكتئاب ليس تقلب مزاجي أو طبع لتستهزء بهِ

إنه مرض و ينتشر بمن كان فيةَ، حدثني عن شعورك إن كنت وحيدًا طوال الوقت وهذا غصبًا عنك وليس بإرادتك !!

شعر متساقط؛ جسد مُنعدم؛ عينه حمراء؛ جوفها أسود من الأرق و القلق، مرض الإكتئاب لا ينتظرون منك الإستهزاء؛ ينتظرون الاحتواء و الطمأنينة، فيأتي الإكتئاب من الطفولة و يمكن في الكبر، و هو ليس يؤخذ للمزح أو للإدعاء أنه بكَ.

٨لأنك لو شُعرت بهِ لن نَسلم بعدها .٨

الكاتبة :*رحمة حسن*

Rukn Alzalam

النرجسية

_إختلاف الرأي لا يفسد للود قضية و لكن أنا الرأي في قصتي، لا أقبل بأراء الأخرين بحياتي لأنها تسير مثلما أريد، لا أريد من يعقب عليَّ في حياتي و يقُل لي ماذا أفعل، لأنني أفعل ما أريد في النهاية، شرحت لك من أنا، فأنا من تتعامل بكرامتها و كرامتها دائمًا فوق الجميع، لو قُلت لي أنا أو هذا أقُل هذا و أنا على يقين، أنا لا أُهدد و لو كان قلبي بين يديك، بل آخذ منك قلبي و أدعسه أنا.

من أبدى أنا أم كرامتك، أنت تعلم أنها كرامتي.

الكـاتبة :*رحمـة حسـن*

Rukn Alzalam

ما زلت أراك

_لقد كنا أحباب تتذكر هذا أم نسيت ؟

اسأل و أنا أعرف ردك؛ أعلم أنك نسيت و تعيش أيامك و حياتك بسهولة و لم تتأثر

و لكن ماذا عن أيامي و حياتي أنا، لماذا توقفت من بعدك،

كنتُ قوية بوجودك و الأن أنا هشة لم أعد بصلابتي

أيامي تُعاد كل يوم يشبه الأخر، كانت أيامي معكَ كل يوم أحلى من الأخر، أحقد عليكَ لأنكَ عرفت كيف تستمر و أنا ما زلت متوقفة من يوم غيابك و أوهم نفسي أنك تأثرت بفراقي و لكن الأن أرى أنك تعيش أفضل من دوني و أنا أراقبك من بعيد من كل مكان، العمل و المقهى المفضل لديك أذهب إليه كل ليلة لأنظر إلى وجهك الذي أفتقده، لم أعد أركز في عملي و حياتي اليومية لأنني ما زلت أراك كل شيء

ما زلت أراك الماضي و الحاضر و المستقبل .

الكـاتبة :*رحمـة حسن*

Rukn Alzalam

و لكنـها قاسيـة

_ هي كانت كل ما أملك؛ كنتُ لها خير الدنيا و كانت لي الشر، كنتُ أعطي لها كل ما تطلبهُ و تقابلني بالعكس، لم تشعر بقلبي لحظة و لكنهُ استمر في حبها دون ملل أو كلل

(*سميتُها روحي*) و لكن لم ترحم روحي من قسوتها، كانت لا تعرف عن اللين شىء و لا تفقه في الدئيا إلا القسوة، حاولتُ معها بكل طرق الحب و لم أترك طريقة و كانت تُريني الندم على كل محاولاتي حتى الآن لا أعرف لماذا !!

هل كنت أستحق هذا ؟!

لما كنت السيئة بقصتي !!

كنتُ أتمنى أن تظلي الحلو الذي رأته بعيني و تخيلته.

الكـاتبة:*رحمة حسن*

Rukn Alzalam

خذلان قلبي

_ لا أحد يولد بقلبٍ قاسي، القسوة تأتي مما يراه المرء في الدنيا من أفعال البشر

أعلم أنه كان هناك قلبًا بريئًا يبكي من أقل شيء و لكن دق هذا القلب لأحد

كانت البدايات حلوة كما هو معروف و بدأت التضحيات و التنازلات لإستكمال هذه العلاقة و لكن أمام كل هذا لم يرى هذا القلب فعل من الذي أحبه، رأى أنه يعطي كل شيء بكل حب و لا يأخذ مقابل لحبه و لو حتى كلمة، ظهر الجفى في العلاقة بعد سنوات من التضحيات و أصبح القلب مُهلك و استنزف كل حبه و طاقته، أصبح قاسي بلا شعور، أصبح لا يصدق أحد بعد هذا الوقت و لم يبقى فيه ذرة شعور بمن حوله، خُذل مِنْ مَنْ أحبه ، لم يبقى فيه البراءة و الحب كما في السابق أصبح قاسيًا لا يموت .

و في النهاية كان هذا القاسي ، قلبي

الكاتبة :*رحمة حسن*

Rukn Alzalam

الرهاب الإجتماعي

_الخوف من المجتمع و لكن ليس بقُولك لرأيك بل بأن تقدر على التعامل معهم

الرهاب الإجتماعي

التوتر الزائد عند الزحام و التعامل مع الآخرين، الخوف من التحدث مع أي أحد و التوتر و القلق من ردود الأفعال، يطلب منك أن تفعل أشياء لا تقدر أن تفعلها من التوتر الذي بداخلك و يستهزؤن بكَ من سهولة الشيء و عدم قدرتك على فعله لأنهم لا يعرفون ماذا يحدث بداخلك

يأتي بداخلك صوت " لا تدري ربما يحرجك أحد ، ربما لا يحب التعامل معكَ، أصمت لا تفعلها لن تقدر ! "

لا تقدر حتى على أن تلقي السلام علي أحد من كثرهطة القلق من ردة فعله و أنه سيحرجك أم لا والأسئلة الكثيرة التي تدور بعقلك " هل يتقبل مني السلام ؟ "، " هل هو يحبني من الأساس حتى اتعامل معهُ " و ينتهي النقاش بالحل الوحيد كالعادة و هو الصمت !

عندما يحدث تجمع مع عدد كبير من الناس و يوجه أحد لكَ سؤالًا سهل و حتى إجابته تكون سهلة و لكن تسيطر عليكَ الربكة و تستمر في مسك يديك و قرضتك الأظافر دون وعي من كثرة التوتر و يظهر التلعثم في ردودك بسبب الرهبة بداخلك ...

لماذا ليست الحياه سهلة علينا في التعامل مثل الآخرين، لِمَا التعامل بهذه الصعوبة و مرهق فكريًا و نفسيًا هكذا ..

يسبب كل هذا أن يراك الناس مغرورًا و مُتكبرًا

لا يعلم أحد شيئًا عن الصراع الذي بداخلك كل مرة تغادر بها المنزل حتى تعود

متى سينتهي هذا الصراع؟!

نحن نعيش حياة لا أحد يعلم عنها شيئًا

الكـاتبة :*رحمـة حسـن*

Rukn Alzalam

رحل سندي

الأمن والأمان مهمان في حياتنا، الراحة النفسية داخل البيت والطمأنينة و الدافء، السند الذي بجانبك طول الوقت في كل خطوة ليعلمك كيف تتعامل مع الحياة وكيف تتعامل مع البشر الذي يخاف عليك من الهواء و يفديك بروحه و تبقى روحه أمامك قليلة بالنسبة له، تكون عندهُ أغلى من الياقوت، يعرف أن مهمته أن يحميك في الدنيا من أي شر، من صغرك يبقى معك؛ تكبر أمامه و يرى فيك نفسه و ما علمك يتمنى دائمًا أن يراك أحسن منه مئة مرة

تخيل عندما ينتهي كل هذا في لحظة و ترى النهاية بعينك ولا يصدقها قلبك، دموعك من الصدمة جفت حتى لا تصدق أن كل هذا رحل، إنهيار داخلى لا أحد يعلم عنه شيء إلا من جربه ولا أتمناه لأحد

لم أرى كل هذا في أحد من بعده و لن أرى، كان أجمل ما رأيت عيني و سيظل كذلك

(*أتمناك في كل ليلة أن تعود لي ثانية فقط لأُملي عيني بك*)

و كان الأمن و الأمان و السند هو أبي .

الكاتبة:*رحمة حسن*

Rukn Alzalam

كفـانا تفـرقـة

_أرى أم كل ليلة تنتظر ابنها حتى عودته للبيت فجرًا ليأكل و على الصعيد الأخر نرى نفس الأُم و هي توقظ ابنتها من نومها لتعد الطعام لأخيها، نراها و هي تطعم ابنها بيدها و ابنتها من الأساس نائمة دون أن تأكل، نرى أن الابنة تعمل و تصرف على نفسها و الابن يجلس في البيت و يذهب مع أصدقائه كل ليلة في أي مكان، لماذا !!، لما هذا الأذى النفسي ؟!، تمييز الولد لن يجعله رجل يسند عليه بل سوف يهدمك مره تلو الأخرى من المصائب التي سيجلبها لكِ، وضعتي الطعام في فومه؛ متى من الخوف عليه، انتظرتيه للفجر

ماذا بعد !!، من السند في النهاية، هي؛ هي من كانت أحن عليكِ في تعبك، هي من قالت أُمي و هو من قال نفسي و كفى.

كفى تفرقة فكلانا سند و قوة، كلانا نستحق .

الكـاتـبة :*رحـمـة حسـن*

Rukn Alzalam